밥상

Have you had your rice?

밥상Have you had your rice?

2025년 5월 20일 초판 1쇄 인쇄
2025년 5월 30일 초판 1쇄 발행

지은이Written by | 조지은Jieun Kiaer
번역Translated by | Brother Anthony of Taizé & Kate Clanchy
펴낸이Published by | 손정순Son Jeoung Soon

펴낸곳 | 도서출판 작가Jakga Publishing Co.
　　　 (03756) 서울 서대문구 북아현로6길 50
　　　 50, Bugahyeon-ro 6-gil, Seodaemun-gu, Seoul, Korea
　　　 Tel | 02)365-8111~2　Fax | 02)365-8110
　　　 Mail | cultura@cultura.co.kr
　　　 Homepage Address | www.cultura.co.kr
　　　 등록번호 | 제13-630호(2000. 2. 9.)

편집 | 손희 김치성 설재원
디자인 | 오경은 이동홍
마케팅 | 박영민
관리 | 이용승

ISBN　979-11-94366-75-1　03810

값 12,000원

K-Poem 006

밥상

Have you had your rice?

조지은 시집 Poems by Jieun Kiaer

번역 · Translated by Brother Anthony of Taizé & Kate Clanchy

작가

엄마는 오십이 다 된 딸을 위해서 오늘도 밥을 지으러 일어나십니다.

어제 시장에서 사온 꽈리 고추를 멸치와 같이 달달하게 볶으십니다.

며칠 전 "이번에는 고추가 안 맵네." 하셔서 방심하고 먹다 저는 입에서 불이나서 죽을 뻔 했습니다. 엄마는 매의 눈으로 배신을 때릴 만한 고추를 찾으십니다.

클래식 FM 에서는 모차르트가 울려퍼집니다. 모차르트와 함께 물엿과 참깨를 입은 멸치의 고소함과 달콤함이 부엌을 채워 나갑니다. 모차르트와 함께 엄마의 칼 소리가 조용한 아침을 깨웁니다. 딱… 따따닥‥ 딱… 따다… 따다다닥‥

순식간에 하얀 쌀밥 그리고 두부와 콩나물이 들어간 칼칼한 김칫국이 완성됩니다.

"세상에 어떻게 이 새벽에 쪽파 강회까지… 엄마, 너무 힘든 것 아냐?"

저는 입이 다물어지지 않습니다. "그게 힘들면 어떻게 살어." 쪽파를 돌돌말며 엄마가 말씀하십니다.

언제나 반가운 콩나물. 그리고 엄마가 50년 실험 끝에 성공한 딱딱하지 않은 콩자반이 식탁 위에 올랐습니다. 여기서 끝일까요?

"너 오기만 눈 빠지게 기다렸어, 얘들이." 누굴까요? 엄마의 김치들입니다. 배추김치와 나박김치. 나박김치가 큰딸이 오길 눈이 빠지게 기다렸다는 것이 엄마의 말입니다.

"아빠가 너 이거 좋아한다고. 너 온다는 이야기만 들으면 이거 담그라고 항상 그랬는데."

  지글지글 두부도 부치시고, 호박이며 가지도 부치시고, 부엌에 갓 짜온 들기름 냄새와 참기름 냄새가 10분만 더 자고 싶은 마음을 단번에 날려 버립니다. "엄마, 밥 줘. 배고파." 엄마의 가장 행복한 모습을 봅니다. 50년 동안 변치 않는 그 미소와 여유와 흐뭇함을 봅니다. "열심히 했는데, 뭐가 없네." "없긴 뭐가 없어! 엄마 상다리가 부서질 것 같아."

  경제적으로 어려웠던 유학시절 가장 싼 감자칩을 사서 먹으며 엄마밥을 회상했습니다. 엄마밥에 대한 기억이 힘들었던 마음을 보듬어 주었습니다. 이젠 영국에서 산 시간이 한국에서 살았던 시간 만큼 깁니다. 그렇지만, 우리말은 제겐 항상 집밥 같습니다. 늘 그리운 엄마밥 같습니다. 엄마밥이 생각나고, 엄마가 생각나고, 고향이 생각날 때 끄적였던 시들입니다. 지금은 사라진 정든 고향. 작별한 사람들. 그렇지만, 제 맘 속에는 언제나 따뜻한 밥 한 공기처럼 늘 살아 있습니다. 마지막으로 사랑하는 엄마에게 이 시집을 바칩니다. 엄마밥에 대한 기억은 제가 하루 하루를 살아가는 힘입니다.

  2025년 4월
  조지은

My mother still rises each morning to cook for a visiting daughter— even if that daughter is now nearly fifty. Today, she is stir-frying shishito peppers with anchovies in a sweet glaze to make a dish like the one she picked up at the market yesterday. A few days ago, I burned my mouth on one of those peppers, so now my mum is scanning each one with eagle eyes, searching for the traitorous one that might betray us.

Music plays softly on the radio. As the kitchen fills with the nutty sweetness of syrup glaze and toasted sesame, Mozart's melodies are joined by the rhythm of her knife on the chopping board: Thud. Ta-tat-thud. Tat-ta. Ta-ta-ta-tat. In no time, a bowl of white rice and spicy kimchi soup with tofu and bean sprouts appears on the table.

"I can't believe you even made spring onion rolls at this hour— Mum, isn't this too much?" I say.

"If that's too much, how do you expect to survive life?" she replies, gently rolling the greens in her hands. She adds the ever-welcome bean sprouts, then a dish of her soy-glazed black beans, their tenderness perfected over years of trial and error. Is that the end of it? Of course not.

"We've been waiting for you," she says.

"Who's 'we'?" I ask.

She gestures to the kimchi.

"The baechu kimchi and nabak kimchi. They've been waiting for you to come home. Your father always said, 'She loves nabak kimchi—make sure you have it ready when she visits.'"

She pan-fries tofu, courgette, and aubergine. The lively smell of freshly pressed perilla oil and sesame oil fills the kitchen.

"Mum, I'm hungry. Feed me."

And there it is—her happiest face. The same gentle, content smile.

"I worked hard, but the table still looks empty," she says.

But the table is groaning under all the food. During the hardest years of studying abroad, I would sit by the Thames with chips and ketchup, remembering her food. Those memories comforted me. They held my tired heart. Now, I have lived as long in the UK as I did in Korea. English has become my home language. But Korean will always feel like Mum's food: missed, yearned for, never forgotten.

These poems were written in moments when I missed her cooking, her presence, my hometown. A hometown now changed. People I've had to say goodbye to. But in my heart, they live on—like a warm bowl of rice, always there.

I dedicate this book to my beloved mother. The memory of her meals is the strength that carries me through each day.

April 2025
Jieun Kiaer

차례 Content

1부 Part 1

2부 Part 2

3부 Part 3

해설

1부

Part 1

밥상

아랫목에 묻어둔 김이 모락모락 나는 밥 한 공기
아버지 오시면 주려고 엄마가 묻어 놓은 밥 한 공기
밥상에 수저가 오늘도 늦는 아버지를 기다린다
늦은 밤 아이 넷 둔 과부 아주머니가
스르르 사립문 여는 소리가 들린다
아버지 주려고 묻어둔 밥 한 공기는 그렇게 어둠속으로 사라졌다.

그 아버지가 하늘나라로 가시고,
그 아주머니의 아이들이 아주머니가 되고

엄마는 오늘도 같은 밥상을 준비한다. 김이 모락모락 나는 밥 한
공기
호호 불면 순백의 밥알들이 저항 없이 투항할 준비를 한다

새로 지은 밥 한 공기. 북엇국 한 그릇.
사돈이 가져다 준 젓갈 듬뿍 김장 김치 한 접시.
국에 밥을 말 것인지, 밥에 국을 말 것인지
김치가 밥을 부르는 것인지, 밥이 김치를 부르는 것인지

엄마는 오늘도 김이 모락 모락 나는 밥상을 마주하고
밥은 잘 먹고 다니는겨.
밥 거르지 말고. 밥 잘 먹어야 혀.
우리는 밥심으로 살아야 하는 겨 똑같은 밥 인사를 한다.

Have you had your rice?

A bowl of rice, fresh from the pot,
tucked under the warm blanket—
Mother saved it for Father,
for when he comes home.

The spoon on the table waits—
just like we do.

The night deepens.
A soft creak—
the brushwood gate scrapes open.
But it's not Father.
It's the neighbour,
a widowed mother of four.

The rice meant for Father
slips quietly into the night.

*

Father has long departed
into the same night.
Still Mother sets the table—
A bowl of pollack soup,
A plate of aged kimchi—
a bowl of steaming rice.
When she blows,

each grain, soft and white,
surrenders

Mother's voice asks
Shall I pour rice into the soup—
or soup over the rice?
Is it the kimchi calling the rice—
or the rice calling the kimchi?

Mother calls her adult daughter
Across oceans.

Don't skip your meals.
You must eat well—
because we live on rice strength.
Have you had your rice?

사골국

겨울이 오면 엄마는 푸줏간에서 제일 좋은 뼈를 사오신다.
초원의 삶을 일찌감치 마감하고, 모든 살점을 내준 소
그 소의 우족에 마지막 핏기까지 모두 빼낸 후
생명의 잔재라고는 없어 보이는 딱딱함을
소스라치게 찬 물 속에 주검과 같이 하나씩 하나씩 입수한다.

싸늘한 주검들이 누워 있는 사골死骨의 물가에서 당신은 도대체
무엇을 원하는가.
　생명의 기운이란 기운은 이미 쪼옥 다 빼 놓고서.

그러나, 엄마는 소의 죽음을 믿지 않는다.
가장 약한 불에 소의 사골死骨을 하루 종일 달래며
사랑하는 우리 아이들. 우리 아이의 아빠를 위해서
한 번만 더 살아주렴. 기도하며 기다린다.
한 시간 두 시간 세 시간 네 시간 그리고 정적의 시간
학교 간 아이들이 하나둘씩 집에 온다.
새벽같이 나간 남편의 구두 소리가 드디어 들려온다.

드디어 엄마의 손이 사골의 관棺을 연다.
과연 사골은 부활할 수 있을는지.

내 눈을 믿을 수 없다.
무생명의 투명한 물이 우윳빛 생명의 강가가 되었지 않은가.
사골死骨이 사골四骨이 되어 있지 않은가.

엄마의 믿음이 배고픈 아이들의 꽁꽁 언 손을 녹인다.
송송 뿌려진 눈송이 같은 파 한 주먹과 함께
죽은 소가 불러온 생명의 온기가
고이 고이 고아낸 부활의 향기가
그를 만나는 모든 이의 뼈 마디 마디에 피어오른다.

Broth with Bones

When winter comes, Mother buys the best bones from the
butcher.
Look—a cow that ended its life early in the meadow,
offering all its meat.

Every last trace of flesh is removed from the shin.
Now, four white bones are slipped, one by one,
like corpses, into cold water.

Mother, what are you doing at the water's edge
where the dead bones lie?
All the energy of life
has already been drained away.

But Mother does not believe in the cow's death.
She cooks the bones
over the weakest fire all day long,
saying,
Please, live again
for my children, for their father.
Praying, waiting.

One hour,
two hours,
three hours,

four hours—
and then, the quiet time.

One by one,
the children come home from school.
Finally, the sound of her husband's footsteps.

Now, Mother's hand opens
the coffin of bone.

See— a milky river of life!

Mother's faith
melts the frozen hands of hungry children.

A fistful of green onions,
sprinkled on top—
the scent of resurrection
blooms in the bones
of everyone who encounters it.

라면

오늘도 안경에 안개꽃이 자욱하다.
적막을 깨는 휘파람
후우 후우 호오호오
후루룩 후루룩
안개를 걷어내는 소리
오천만 인구가 80억 인구와 하나 되는 소리
뿌우연 안개가
후루루룩 걷히는 시간이 되면
드디어 정체가 밝혀진다.
너였구나 - 나의 면面

안개 거친 너의 얼굴에
꼬불꼬불 파마 머리 엄마가 보인다.
빠글빠글 엄마의 머리 닮은 너
다리 하나 쭉 펼 수 없는 작은 방에서
옹기종기 복닥복닥 지지고 볶던 우리 삶에
넌 행복이었다.

마지막 한 젓가락 너의 모습
꼬돌꼬돌한 청춘을 다 내어 주고
묵묵함과 인내로 크림스프처럼 차분한 너의 얼굴에는
버너에 널 처음으로 끓이시며 애 먹으시던
그 아빠의 묵직한 소리가 녹아 있다.
맛있어야 할 텐데… 맛있어야 할 텐데…

그 아빠의 소원을 핸썸하게 들어 준 멋진 너
넌 그리움이다.
마지막 인사를 하였지만
채워질 수 없는 그리움
모두가 가 버린 덩그란 라면의 강江에 남은 건
한 번만 더 보고 싶은 아쉬움
한 번만 더 삼키고 싶은 미련
온기가 남아 있는 마지막 순간
마지막 투수 흰 밥을 만다.
마지막 한 톨까지, 마지막 국물 한 모금까지 쭈욱 들이킨다.
자알 먹었습니다.

Ramyeon

My glasses fog up.
A whistle breaks the silence—
Whoo whoo whoo
Whoo whoo
Slurp slurp.

Listen!
The sound of fog clearing.
The sound of 50 million people eating.
The sound of 8 billion people slurping.

When the haze clears,
we will see what they are eating.
It's you — ramyeon noodles.

In your foggy curls,
I see Mother's perm.
You were the happiness in our life
as we huddled together in a room so small
we couldn't even stretch our legs.

My mother's life was twisted on chopsticks.
Noodles must be delicious.
Noodles must be perfect.

Father's heavy voice melted

as he struggled to cook it
on the burner for the first time.

What gets left in the round river of ramyeon is
the regret of wanting to see just one more time,
the lingering wish to swallow just once more,
the last moment when the warmth remains,
the last grains of white rice.

I down every last scrap,
every last sip of soup.

That was so good!

분홍색 돈까스

하루 종일 해 뜰 때부터 해질 때까지
땅바닥에 꿈을 그리며 산다.
얘들아, 얼른 와서 밥 먹어
엄마의 밥 목소리가
동네에 쩌렁쩌렁 울릴 때까지
오늘은 특별 반찬이야 – 돈–까–스!

아버지 월급날에 먹었던 그 돈–까–스.
한 입을 먹고, 나는 후회했다.
입속에 조금 더 간직하고 있었어야 하는 건데.
돈–까–스 이인분을 시켜 일곱명이 먹은 그날
나는 돈–까–스를 포기하고 크림스프를 택했다.
어짜피 돈–까–스는 내 것이 될 수 없었으므로.
크림스프 두 스푼에
내 마음은 이미 바다를 건넜다.

오늘 저녁 돈–까–스를 먹으려고
모두 밥상앞에 쪼르륵 앉는다.
돈–까–스 한 번 생각하고 침 한 번 꿀꺽

그런데 엄마의 돈–까–스는 속살이 분홍색이다.
분홍색 소시지가 빵가루와 계란물 속에서
돈.까.스로 바사삭 태어난 것

이건 소세지야 – 돈까스가 아니야.
마음속에 수많은 생각이 왔다가 나간다.
I don't care – why should that matter!?
똑같은 돼지의 다른 운명임을 믿으며
돈-까-스 소스 대신 케첩을 한입 가득 담고
오늘도 소시지 한 입을 물고, 돈까스를 상상한다.

The Pink Pork Cutlet

All day long, from sunrise to sunset,
I spend time dreaming outside.

Come quickly and eat!
Mum's food-voice sound.

Today's special dish, called—
until the neighbourhood echoes—
Cutlet!

Cutlet! It must be Father's payday.
Cutlet! After swallowing one bite, you're sorry—
you want to keep it in your mouth a little longer.
There are seven of us,
but only two helpings of cutlet.

Everyone sits down in front of the dining table,
expecting to eat pork cutlet tonight.
To think cutlet once,
and swallow once.

But Mother's cutlet has pink flesh?
Look! A cheap pink sausage has been reborn
as a pork cutlet in breadcrumbs and egg yolk.

We all pretend. We chew.

Many thoughts come and go in my mind.
I don't care — *why should that matter!?*
I believe it's just a different fate for the same pig.

Instead of cutlet sauce, I fill my mouth with ketchup,
take a bite of sausage.

Next time, I give up on cutlet.
With two spoons of cream soup,
my heart had already crossed the sea.

닭집의 추억

서울에서 이사온 진이네 집은
시장에 닭집을 열었다.

진이 엄마의 하얗고 여린 손이
제일 힘세 보이는 깃털 펄럭펄럭이는 닭모가지를 잡는다.
빠알간 볏을 꼿꼿이 도도히 세운 장닭
니가 이기나 내가 이기나 한 번 해 보자 이 녀석

서울에서는 선생님을 하셨다고 들었는데.
분필을 잡던 손으로 장닭의 깃털을 뽑는다.
장닭의 목숨을 중식도 한 큐에 보낸 진이 엄마
온 힘을 다해 저항하던 장닭의 모가지가 툭하고 날라와
파란색 바께스에 퍽하고 떨어졌다.

밀가루에 몸부림 한번 치지 못하고
장닭은 팔팔 끓는 기름의 고문 속에
한 번도 입어 보지 못한 갈색의 튀김옷을 입고
시장의 별미로 전시되었다.

바께스 속에 아직도 생생히 살아있는
도살屠殺의 흔적 속에서
장닭의 비애에 고통해야 할 것인가,
기름 속에서 부활한 치킨에 기뻐할 것인가.
그날 밤 고모는 고모부를 데리고 집에 인사를 왔다.
일곱 명이 먹을 진이네 집 치킨 한 마리를 사가지고.

The Fried Chicken Place

Jin's family came down from Seoul,
opened a fried chicken shop in the market.

Jin's mother's white and delicate hands
grab the head of the chicken that looks the strongest—
a rooster with its crest erect.
Let's see who wins, you or me.

I heard that she had worked as a teacher in Seoul.
Now she plucks the feathers from chickens with the hand
that used to hold the chalk.

Jin's mother gives the cockerel a single blow with a Chinese
knife.
The head of the chicken flies off
and falls with a thud into a blue bag.

The cockerel puts on brown, fried clothes
that it has never worn before,
and is displayed as a delicacy in the market.

The traces of slaughter are still vivid in the bucket.
Do we eat or do we weep?

That night, Auntie brings her fiancé to our house to say hello.
He buys a whole chicken from Jin's house for us seven to eat.

비빔밥

원래는 임금님이 먹던 음식이란다.
콩나물, 황포묵, 고추장, 육회, 접장 그리고 참기름, 달걀.
대추, 고사리, 표고.
10가지도 넘는 귀하고 복스러운 음식은
다 쪼그리고 대기중이다.

대망의 순간 모두가 하나가 될 그 순간을
다 설렘으로 기다리고 있다.
임금님 수라상에 올리는 육회가 되었든
앞산에서 따온 고사리가 되었든
이 순간에는 모두가 다 똑같다.
비벼라, 비비거라 – 쓱싹쓱싹

고기가 없어도 좋다.
황포묵은 귀해서 구하기 어렵다.
아무것도 없어도 된다.
냉장고를 털어서 있는 것 없는 것
양푼에 넣기만 하면 된다.
어짜피 뱃속에 들어가면 다 똑같은 것
비벼라, 비비거라 – 쓱싹쓱싹

하얗고 고슬고슬한 밥이 고추장을 만나면
오색 나물, 냉장고 반찬이 모두 하나가 된다.
너와 내가 하나가 되는 것처럼

여기에 참기름 한 방울 똑 하면
내가 임금님 밥상에서 왔는지
냉장고 한 켠에 외로움을 못견디다 왔는지
아무도 모른다.
모두가 하나가 된다.
고추장으로 뭉쳐지고,
참기름으로 흥이 돋는다.

Bibimbap

Oh, food of kings!
Bean sprouts, yellow jelly, red pepper paste,
raw beef, bean paste, sesame oil, and eggs,
jujube, bracken, shiitake.
More than ten kinds of precious and blessed foods,
all spread waiting.

Mix, stir them – rubbing and scraping.
It's okay without meat.
It's okay if you can't buy mung bean jelly.
You don't have to have anything special.
Clean out the fridge.
Just put it in a brass bowl.
Everything is the same once in the stomach.
Mix, stir, rub and scrape.

If you add a drop of sesame oil
no one will know
if it came from the king's table
or couldn't stand being lonely in one corner of the fridge.
All become one,
united by red pepper paste,
made lively with sesame oil.

When white, fluffy rice meets red pepper paste,
coloured vegetables and leftovers all become one
as you and I become one.

김金

바다의 갑옷이라고 불렸어예.
그러다 병자호란을 겪었어예.
그 때 우리 의병장 할배가 김金가 성이였어예.
그후로 우리도 김金가가 되었지예….

은박의 호일을 실크 드레스 삼아 김金들이 누워있었다.
흔들리는 콩나물 버스에서 꼿꼿함. 바삭함을 잃지 않았다.
무엇보다 어제 짠 들기름의 품위가 하나도 세지 않게 꼬오옥
다섯 시 반 주부의 손을 거쳐 열두 시 개봉의 순간까지
모두 다 숨을 죽인다.

드뎌 땡땡땡 열두 시가 되었다.
책을 덮어라.
지금부터 밥의 시간이 왔다.
에이! 가방에 김칫국물 좀 봐.
같은 여정 동고동락했던 김치.
저런. 설렘을 누르지 못하고, 가출을 해 버렸구나.

짜잔 – 계란 후라이 등장이시요.
노른자는 이미 터진지 오래나 후라이는 망할 수 없다.
하얀 밥에 럭셔리 계란 후라이.
그러나 – 후라이를 넷이 먹긴 어렵지 않는가.
밥의 영역에 있는 후라이에 숟가락을 갖다 대는 것은 금물.
나누라는 것인가 말 것인가?

자, 이제 깻잎 등장이시요.
젓가락들이 모여든다. 너 하나 나 하나.
사이좋게 너 하나 나 하나.
먹어 주고, 먹게 해주고.

둥둥둥둥…. 드뎌 실크옷을 벗고 김金 가家등장이요.
들기름의 반짝반짝함이
서글서글 뿌려놓은 소금의 아삭한 소리를 동반하며
김金가家 의 가솔들 굶주린 자들의 손으로 하나씩 하나씩.

한 번 먹으면 두 번 먹고 싶고
두 번 먹으면 한 공기 더 먹고 싶은 그 맛. 키약.

김 너 하나면 나는 족하다.
너만 있으면 살 수 있어.

내가 너를 사랑하는 이유가.
들기름의 고소함인지. 소금의 거칠지만 매혹적인 짭쪼름 때문인
지 알 수 없다. 나는 너의 모든 것을 다 사랑하니까.

Seaweed Kim

The seaweed was the armour of the sea.
Then we experienced the Manchu War.
At that time, our righteous army commander's surname was Kim.
After that, we also became the Kim family...

The Kim seaweed lies on silver foil like a silk dress.
Even rattled on a bean-sprout bus all the way to school,
it won't lose its crunchiness.
I wrap it so tight that the fragrance of the perilla oil,
freshly pressed yesterday, won't leak away.
When I open it at twelve o'clock, everyone will hold their breath.

Finally—ding-dong—twelve o'clock comes.
Close the books.
From now on, it's time to eat.

Oh my! Look at the kimchi juice in Jin's bag—
oh no, Jin's pencil case—ruined.

Ta-da! A fried egg appears in my lunchbox.
The yolk should have burst a long time ago,
but frying makes it indestructible.
The luxury of a fried egg on white rice.
Jin's looking. All the girls are looking.
Should we share it or not?
It's forbidden to touch the fried egg in the rice with a spoon.

Now, perilla leaves appear.

Chopsticks come together. One for you, one for me.

Getting on well—one for you, one for me.

Feeding, making others eat.

Finally, to a beating of drums, the silk clothes are removed.

The Kim family appears.

The sparkle of perilla oil

accompanied by the crunchy sound of sprinkled salt.

The members of the Kim family, one by one,

into the hands of the hungry.

If I eat one, I want to eat two.

The taste makes you want to eat a whole bowlful after eating
two.

Crunch.

I address Seaweed Kim: just you alone is enough for me.

I can live as long as I have you.

Why do I love you?

Is it the fragrant taste of perilla oil?

I can't tell. Maybe it's because

of the harsh but fascinating taste of salt?

I just love everything about you.

보리

보리 오기를 눈이 빠지게 기다리는 아이들
보리. 보리. 쌀. 보리. 보리. 쌀.
보리! 보리가 당첨되었습니다.
드디어 아 기다리고 기다리던
보리가 고개를 넘었습니다.

촌수로는 밀의 형님뻘 되는 보리 형님
기다림에 지친 자들에게 자비의 눈빛으로 다가왔습니다.

쌀과 같은 귀족 집안은 아니지만
하나 하나 올곧게 서서
서릿 겨울 바람에 덮인 눈을 뚫고 나오는
매화의 지조로

똘똘 뭉치고 깡 하나로 여기까지 왔습니다.

된장 한 숟가락과 만나 상봉의 시간도 잠시
일곱 숟가락의 환영을 받으며
기쁨의 미소와 생명의 활력으로 세상에 퍼졌습니다.

그리고 남긴 그의 유혼幽魂
따스한 물가에 잔잔히 퍼집니다.

그의 향기는.

쓰지 않습니다.

달지도 않습니다.

시지도 않습니다

짜지도 않습니다.

그윽하며 구수한 그의 향기가 슬프고 외롭고 성났던 뱃속에 평화를 줍니다.

보리 – 그가 주는 맛은 위로입니다.

Barley

In the hungry season children await the arrival of barley.
Barley. Rice. Barley. Barley. Rice.
Barley! Barley has been promoted.

Barley, who has been waiting for baby legs, strong legs,
has finally crossed the hill.

Barley is the elder brother of wheat,
Straw is the elder brother of barley.

He approaches those who were tired of waiting
with eyes of compassion.

He is not from a noble family like rice,
but he stands upright stalk by stalk

with the integrity of a plum blossom that breaks through
snow
   amidst frosty winter winds,

He comes to us in clusters,
rolled together tenaciously.

He meets a spoonful of soybean paste,
though the time of reunion is brief,
he is welcomed by seven spoonfuls.

He comes to the world
with a smile of joy and the vitality of life.

And his ghost幽魂 gently spreads in warm water.

His scent! Not bitter. Not sweet. Not sour. Not salty.
His deep and savory scent gives peace
to my sad and angry stomach.
Barley - the taste he gives is comfort.

2부

Part 2

육개장

마지막 비행기를 타고
마지막 밤에
마지막 밥을 아빠와 육개장으로 먹었다.

아빠, 보라색 가지를 드셔 보세요. 보라색이 최고라네요.
아니, 요 시베리아 자작나무숲에서 온 차가버섯을 드셔야 해요.
새싹 보리가 최고지요.
동생은 아예 집에서 새싹보리를 키우기 시작했다.

고요한 적막 속에 남겨진 건
엄마의 총총총 칼질 소리
세상에 단 한 가지는 있을 거다.
우리 남편을 도와 이 전쟁을 이길 수 있는 용맹한 식장군食將軍이
그를 구하러 엄마는 총총걸음을 날마다 하였다.

그러나, 암이라는 놈
그 악을 이길 도리가 없었다.
모든 식장군들이 그 앞에 장렬히 전사하였다.

그 악의 악바라지를 잠시라도 멈추게 해 준 것은
다름아닌 육.개.장.
오로지 피로 범벅이 되었고, 고기와 대파로 무장이 되어
인생의 짜고 매운맛을 송두리째 짊어진
육개장 그뿐이었다.

수덥하며 육중하며 진솔한 그가
표독하고 간악한 암의 입을 그냥 막아 버렸다.
암이 say no 할 순간을 주지 않고
그냥 그를 덮쳐 버린 것이다.

그렇게
마지막 한 순간
마지막 한 수저
육개장 덕분에 아빠의 웃음을 보았다.

Yukgaejang

I take the last flight,
and on the last night
eat yukgaejang with my father.

Dad, try the purple aubergine. Purple is the best.
No, you should eat the birch mushrooms from the Siberian
birch forest.
Barley sprouts are the best.
Min grew barley sprouts at home especially for you.

The only sound in the deep quiet is the scrape of my mother's
knife—
searching for the one food in the world
that might help her husband win this war.

There is only yukgaejang covered in blood, armed with meat
and green onions,
carrying the salty and spicy taste of life.

Thick, heavy, and honest, it shuts the mouth of the vicious
cancer.

That is how I saw my father's smile at the last
thanks to the final spoonful of yukgaejang.

울면

짜장면 먹을래, 짬뽕 먹을래.
아빠가 물으셨다.
울면 먹을래요.
울면? 애가 무슨 울면.

짜장의 짜잔하는 매력도
짬뽕의 박력도 없다.
그러나, 소담하고 담담하고
걸쭉하고 따뜻하던 그 품성

앞으로 살아가야 할 날이
지금까지 살아온 날보다 짧다는 것을 깨달은 나이

울면 안돼 울면 안돼
다 큰 어른이 울면 안 되지
입술 꼭 깨물어 보지만
짜장면과 짬뽕을 강요하지 않으시고
울면 한 그릇 사 주신 아빠 생각에
참았던 울음이 주르륵
울면 한 그릇에 잠긴다.

Ulmyeon

Ulmyeon I reply.

Ulmyeon means either noodles or 'to cry'

Do you want to eat jjajangmyeon
or jjambbong? Dad asks.
Ulmyeon I reply.

Today I realized the days I have to live are fewer
than the days I have lived so far

Ulmyeon, I mustn't cry.

I bite my lips tightly,
But when I think of my dad
who always let me choose
my tears drown in a bowl of noodles.

떡

난 떡tteok.
쌀이 본적인 난 떡.
원래 덕德이 많은 집안 출신이다.
쭈욱쭉 끊어짐 없이 오래오래 가라고 가래떡.
시루떡. 송편. 백설기. 무지개떡. 찰떡. 절편. 오메기떡.
일 년 내내 열두 달 내내 떡이 떨어질 날 없다.
세상의 모든 영화가 떡을 대동하였다.

어느 하루. 허파에 바람이 들어갔는지
떡보, 떡순이들이 바다를 건널 때 함께 바다를 건넜다.
바다 건너서 떡의 입이 쩌억 벌어졌다.
쇼윈도에 수 많은 노란 머리, 하얀 머리 친구들
그들의 화장과 치장으로 눈이 휘둥그레졌다.
눈 씻고 찾아 보려해도 그 많던 떡들의 친구가 보이지 않는다.
말도 안돼!!!

도대체 너는 누구냐? 떡이올시다.
떡? 쿠키냐? 아니올시다
비스킷이냐? 아니올시다.
빵이냐? 아니올시다
그럼 케익이냐? 아니올시다.
음. 그냥 케이크라고 하자.
쌀에서 왔다고. 그럼 라이스 케이크.
오늘 부로 너를 라이스 케이크로 입양하마.

그렇게 파란 눈의 아저씨로부터
떡은 케이크라는 새로운 이름을 갖게 되었다.
라이스 케이크rice cake
"나는 케이크가 아닌데." 아무리 말해도 아무도 듣지 못했다.
촌스럽다고. 쫄깃하다고. 무시받고 눈물 한 대접씩을 쏟아내었다.

일련의 영화로움과 떡시루의 그림을 뒤로한 채
화려한 드레스와 버터 군단의 힘에 눌려
초라하고 차가운 모습의 라이스 케이크로

하루가 가고 또 하루가 가고
떡순이 떡보들이 가고
그렇게 반 백 년을 살아왔다.
그러나, 한 번도 잊지 않았다.
쌀에서 온 자신의 고향을. 친구를. 가족들을.

오늘 2024년 9월 떡이 떡으로 태어났다.
영어 사전의 어머니라고 불리우는
옥스퍼드 영어 사전에 드디어 입적을 하였다.

새로 태어난 오늘 – 백설기라도 해야겠다.

Tteok, Rice Cake

Tteok is born from rice.
Originally from a distinguished rice family.
Sticky garaetteok sticks you can chew for a long time.
Sirutteok with red beans. Stuffed songpyeon. White baekseolgi.
Colourful mujigaetteok. Glutinous chaltteok. Patterned
jeolpyeon. Plump Omegitteok.
There was never a shortage of tteok, twelve months a year.
All the movies of the world were accompanied by tteok.

One day (Maybe the wind entered their lungs?)
A boy called Tteokbo and a girl called Tteoksuni crossed the
sea with tteok in their pocket,
Their eyes widened at the makeup and decorations
of the countless creations in the cakeshop
Even if they washed their eyes and tried hard to find them,
they could never see tteok.
What a shame.

What's that?
It's tteok.
Is that a cookie? No.
Is that a biscuit? No.
It that a bread? No.

So is it a cake? Not really.
Hmm. Let's just call it cake.

You say they are made of rice? Then rice cakes.
Starting today, I will adopt them as rice cake.

Thus tteok got a new name from those blue-eyed guys:
rice cakes.
"But it's not a cake." No matter how much it said it, no one listened.
They called it tacky. Called it chewy. Ignored, it poured out bowls of tears.

Leaving behind pictures of long years of glory and rice steamers,
pressured by the power of the fancy dress and butter brigade,
day after day passed as shabby, cold looking rice cakes.
Tteoksuni and Tteokbo set out half a century before, yet they never forgot
their hometown, how they had come from rice. Friends. Family.

Today, in September 2024, tteok was finally reborn as tteok.
It entered the Oxford English Dictionary,
known as the mother of English dictionaries.

Today is the day of a new birth - I must make some white baeseolgi tteok – a birthday cake.

밥 그리고 국

오른쪽 왼쪽 우애로 인생을 시작했다.
나란히 나눌 수 없는 하나로.

밥. 퍽퍽할 때도 있었고,
모나고 될 때도 설 때도 있었다.
목마름이 몸에 밴 삶이다.
바쁘게 달려가 일구어낸 삶이다.

그 때마다 국.
바다 같은 짭조름함으로
밥을 품었다.

국. 넓은 마음 하나 가득.
양념의 군단과 채소의 향연과
소고기의 그윽함에 바닷생물의 신선한 비린맘까지 다 갖추었다
지만
혼자서 이 땅에 서기엔 뭔가 부족하다.
인생 짠 내가 견디기 어려운 어느 날
허전함과 배고픔 그득하게 매울 수 있는 것은 밥. 그뿐.

밥 한 술. 국 한 술.
365일 하루도 변함없이.
밥 한 술. 국 한 술. 에라 모르겠다.
말아 버리자. 둘이 하나가 되었다.
오늘 저녁 - 밥 그리고 국 일심동체가 되었다.

Rice and Soup

We started life with marriage,
a union that cannot be divided and put side by side.

Rice. There are times when it is dry,
there are times when it is rough and times when it is stiff.
It's a life full of thirst. It's a busy life
lived at a rush.

And soup, every time.
It embraces the rice
with a sea-like saltiness.

Soup. With a big heart.
A brigade of seasonings, a feast of vegetables,
a mellowness of beef, the fresh fishiness of sea creatures,
yet it can't stand alone on this land.
On days when the salty smell of life is hard to take,
rice alone can satisfy emptiness and hunger. Nothing else.

A spoonful of rice. A spoonful of soup.
Always the same, 365 days a year
until my black hair turns white.
A spoonful of rice. A spoonful of soup. Well, I don't know.
Let's try mixing them. Then the two became one.
Tonight - rice and soup united on our table.

죽

완전 죽을 쒔다.
죽어라고 외었는데…
인생에 한 번 있는 입시에서
죽을 쑤다니
어저께 먹은 미역국 탓일까?
과탐에서 우수수 낙엽이 떨어져 버렸다.
집에 갈까? 가야겠지? 가고 싶지 않다.
울어야 할까? 울어야 겠지?
죽은 왜 이름이 죽일까?
죽으라는 의미의 죽일까?
죽어야 할까? 살아야 할까?
인생의 고민이 다 죽 때문이다. 그놈의 죽.

홧김에 열이 오른다.
괜찮아라고 말하는 사람들에게 안 괜찮아 하고 소리 빵 질러주
고 싶다.
죽지 못해 산 사람처럼
입 다물고 모두가 침묵해야 하는 밤만 기다리는 나에게
엄마가 흰죽을 가져다 주셨다.
흰죽 한 숟가락에
침묵과 정죄의 밤이 찬란한 흰눈의 밤이 된다.
그까짓 거 다 괜찮아.
죽 다 먹으면 힘날 거야. 죽 먹고 어서 일어나.

Rice Gruel

If it should happen you failed
completely.
Failed a gruelling test, the once-in-a-lifetime
college entrance exam
If you should be crying, *is it because*
of the seaweed soup I ate yesterday?
The leaves of the trees have fallen.
Shall I go home? Should I go? I don't want to go.
Should I cry? Ought I to cry?
Why is gruel called gruel?
Is it called gruel because it's cruel?
Should I die? Should I live?
That's when your mum should bring you rice gruel.
With a spoonful of white gruel the night
of silence and condemnation becomes
a night of dazzling white snow.

See, everything's okay.
If you eat all the gruel you'll be strong.
Eat your gruel and get better soon.

콩나물

이제 집에 갈 시간이에요.
1000원에 다 가져 가세요.
거친 시골 할머니 손 주름만큼
콩나물들이 모여 있다.

500원에 깎아 줘요.
콩나물 다 시들텐데.
아줌마, 차비가 300원이에요.
됐어요 그럼.

오늘 저녁 입양入養을 기다리는 콩나물들 마음처럼
시골 할머니의 마음에 초조함의 분초가 똑딱똑딱.
허무함이 우수수. 그리움이 주루룩

콩나물 밥집으로 입양이 될 것인가.
다섯 식구 옹기 종기 모인 밥상으로 입양이 될 것인가.

할머니의 아랫목 시루에서 생명을 피웠다.
누가 와도 아랫목은 콩나물들의 차지였다.
사랑받고 어깨동무하고 그렇게 함께 해 온 일곱 밤.

떠나야 할 시간.
그렇지만, 우리는 한 배를 탔기에 두렵지 않다.
옹기종기 함께 기다리며
생의 2막을 함께 열어갈 동무가 있기에

Bean Sprouts

I need to go home now. You can have the lot for 1,000 won.
The tough old country woman holds out as many as bean sprouts
as there are wrinkles on her hands

You can have them for 500 won.

All the bean sprouts are wilting.
But the fare for the bus is 300 won.

Will the sprouts be adopted by a bean-sprout restaurant?
Will the sprouts be abducted by a family of five huddled
round a table?

Their life bloomed on the warmest part of the old woman's floor.
Seven nights spent together, being loved, shoulder-to-
shoulder.

Time to leave.
Sprout! Don't be afraid because we're all in the same boat.
Because we have friends
Sprout! There will be a second chapter.

전 이야기

전 하나에 웃음과
전 하나에 그리움과
전 하나에 피로를 담는다.
끝없이 부쳐내어 산더미처럼 쌓인 전

큰 며느리가 부치는 두부, 돼지고기 동그랑땡
작은 며느리가 부치는 매콤한 고추전
막내 며느리가 부치는 바삭한 녹두 빈대떡

오랜만에 사촌을 만나 반가운 마음 가득한 아이들
아버지와 삼촌의 담배 연기를 피해 전 하나씩을 손에 들고
꺄르륵 꺄르륵.

도대체 얼마나 부쳐야 되는 것일까? 일당백?
프라이팬 세 개가 끊임없이 올라갔다 내려갔다 곡예를 한다.

집안 구석 구석 울려퍼지는 기름향이
이 순간을 손꼽아 기다린 이들의 피곤함을 달래고 위로하나,
전 부치는 며느리들 한숨이 전 바구니를 채워 간다.
형님, 밤새 전만 부쳐요 우리.
호랑이 할머니의 감시를 피해
두 개 만들 시간에 하나를 만들며 꾀를 부린다.
쌓아가는 전.
무거워지는 눈꺼풀.

아무리 많이 부쳐도 더 부쳐야 한다.
하나만 더 부치자. 하나만 더.
남은 전의 기록이 오늘이 지나도
4남 4녀와 그의 가족들에게
엄마의 추억을 고향의 냄새를 넉넉히 쌓아 줄 수 있게.
부지런히 맷돌을 가는 할머니의 손.

Pancakes

A smile is put into one pancake,
longing into another,
fatigue into another.
Pancakes pile up like a tower

Older daughter-in-law's fried tofu, battered pork meatballs,
younger daughter-in-law's spicy red pepper pancakes,
crispy mung bean bindaetteok made by the youngest
daughter-in-law

The children are happy to see their cousin for the first time in
a long time.
Avoiding the cigarette smoke of their father and uncle,
the children each hold one pancake and squeal.

How many will they have to fry? One hundred per day?
The three frying pans do acrobatics.

The scent of oil wafts into every corner of the house.
the sighs of the daughter-in-law fill the pancake basket.
Hey, we'll be making pancakes all night long.

Eluding their fierce grandmother's watchful eye,
they slack, they use tricks
Pancakes pile up. Eyelids grow heavy.

Let's make one more, just one more.

Let's set a record.

Let's build a tower of memories for

Four boys and four girls and their families

memories of Mother and the smell of home.

and Grandmother's hands diligently turning the millstone.

김치 동족

우리는 김치로 하나 된 김치의 동족이다.
서울에서도 평양에서도
오사카에서도 알마티에서도
우리는 김치 담는 민족이다.

삶이 우리를 기다리지 않더라도
사랑이 우리의 시간을 돌려주지 않더라도
모두가 빠알간 고춧가루와
투합을 하여
지난 한 해의 후회와 오고 있는 한 해의 소망이
아낙네들이 끝이 없는 수다와
깔깔거리는 아이들의 웃음속에
자알 버무려지도록
혼신을 쏟는다.

잘 버무린 겉절이에
가마솥에서 오랜만에 푸욱 목욕을 하고 나온
돼지고기 한 점을 얹으면
입속에 고소함이
올 한 해 희로애락의 무게를 따뜻이 덮어 준다.

매년 김치의 혼을 동서남북 – 한반도를 넘은 김치 동족의 삶에
묻으며

우리는 기도한다.
우리 모두 김치 한 포기
김장으로 하나가 되게 해달라고.

The Kimchi Family

We are the kimchi family, united by kimchi. Whether in
Seoul or Pyongyang,
  in Osaka or in Almaty, we are all members of the one nation
making kimchi.

Even if life doesn't wait for us,
  even if love doesn't repay us, everyone is united
  by red pepper powder.
The regrets of the past year and the hopes of the coming year
  are the women's endless chatter.
Amidst the laughter of children
Hand crunching together with long pink gloves in a red
bucket

Well-mixed kimchi
  added to a piece of pork fried in a cauldron
  fills mouths with flavor
  and covers the weight of joys and sorrows.

Every year, we pray as the soul of kimchi is buried in the
lives of kimchi compatriots
  east, west, south and north and beyond the Korean peninsula.
  May we all grow folded together like a single head of winter
cabbage.

계란 후라이

만석꾼 집 고명딸이셨다지요.
노릇노릇한 영광 굴비 없이는 밥도 안 드셨다지요
금남면 밟는 땅이 다 할머니네 땅이셨다지요.

과자를 가방 가득 사주시던 그 아버지가 어느 날 사라지신 날
그 할머니는 매서운 세상에 눈 흘길 틈도 없이
땅도 집도 가족도 잃어버렸습니다.

그 할머니가 해 주시던 생애 최고의 음식은
묵직한 프라이팬에서 달구어진 기름과 튀격 튀격
격투전을 하고 살아남은 계란 후.라.이.

당신은 계란 후라이의 인생을 아십니까?

오늘도 온 힘을 다해, 생명을 다해
암탉이 낳아 준 계란 하나.
그가 잉태한 생명의 힘.
스무 하루만 엄마 품에 있었더라면.
그도 이 땅에서 숨 쉬고 걸을 수 있는 생명이 되었으련만.
그 따스한 출생의 온기가 가시기도 전에.
무참히 달구어진 프라이팬에서 그는 오늘도
계란 후라이로 전사하였다.

후라이로 거듭난 계란

여덟 살 손녀의 입에
짭조름함으로, 담백함으로, 풍만함으로
기쁨의 오케스트라를 지휘하고
그 손녀의 미소 속에 할머니는
고향집 싸리문을 조심스레 열고
스물한 송이 목련의 향기에 만취된다.

A Fried Egg

Grandmother says she was the only daughter of a family
from ten thousand bags of rice.

and she would never eat a meal without a golden brown fried
fish steak.

She says that all the land you could step on in Geumnam
County was her family's land.

Grandmother says one day her father, who used to buy her
bags full of snacks, disappeared,

Grandmother had no time to even glance at the harsh world.

She lost land, home and family.

Grandmother is frying my very favourite, an egg.

Grandmother asks me *Do you know the life story of a fried
egg?*

The egg is laid by a hen striving to do her very best,

If only the egg had spent just twenty days under its mother

it would have been able to breathe and walk on this earth

Instead, in a cruelly heated frying pan,

It dies a warrior's death and becomes a fried egg

in the mouth of you, my eight-year-old granddaughter

conducting an orchestra of joy

After you've eaten, we will peep through the gate of my
former home

and smell my twenty-one lost magnolias.

3부

Part 3

떡국

새해 복 많이 받으세요.
떡국 한 그릇에 한 해를 담다.
한 그릇 먹으면 한 살을 먹는다.
Question - 12월 29일이 생일인 사람은 한 살을 다시 먹는 건가요?

길고 매끈한 가래떡을
한석봉의 어머니처럼 폼 잡고 싹둑싹둑

그사이 하얗고 뽀얀 사골의 국물은
거센 파도가 되어
심청이를 기다리는 바닷속 용왕처럼
여린 떡들의 낙하를 기다린다.

숨 막히는 1분 25초 낙하의 시간은
거친 사골의 파도를 잠재우며
하얀 물안개로 새해를 연다.

떡들의 낙하를 추모하며
검은 김과 노랗고 하얀 지단도 몸을 던지면
그렇게 새해는 시작된다.

Tteokguk

Happy New Year!
A whole year is contained in a bowl of rice cake soup.
Today I will tell my daughters
If you eat one bowl, you gain a year.
They ask
Does a person whose birthday falls
on the last day of the twelfth lunar month
become one year older again the next day? I don't know.

Today I am legendary Han Seok-bong's mother,
holding on to long tubes of smooth rice cake
and snipping them into slivers snip-snip.

I am boiling up white and creamy beef bone broth.
Strong waves wait for the delicate rice cakes to fall
like the dragon king in the sea waiting for Simcheong to
jump.

In one minute and 25 seconds I will serve soup
Open the new year with steam.

I'll make memories of the falling of the rice cakes,
black seaweed and yellow and white egg strips.
A new year will begin.

잡채

원래는 임금님 수라상에 살았다지.
광해군의 총애를 받았다지 않아.
조선시대부터 지금까지 잔칫집은 다 돌았대.
명절이건 혼례건 초상집에서도
빠지지 않고 다 다녔다지.
좌르륵 윤기나는 저 모습을 봐.
근데, 알아, 사실 실속 없이 겉만 번지르르한 거.
본적은 채소 집안이래. 채소 채가 본이라네.
고기인 척하지만, 원래는 채소 집안이라네.
고상한 척하지만, 사실은 근본 없는 잡탕 아냐
좌악 빼입은 건 맞지만, 실속 없고 겉만 번지르르한
맞다~~ 20년에 한 번 나타나는 미국 삼촌 같아.

잡채는 한 번 올 때마다 인기도 많지만
무수한 풍문을 몰고 다녔다.
하지만, 아무도 모른다.
1kg의 잡채가 만들어 내는 40인분의 기적을.
위로하는 자들을 향한 뱃속의 축제를
잡채이기에 가능한
한 젓가락의 미소를

Japchae

Just look at them, shiny, smooth.
all show and no substance. They actually belong
to a vegetable family. Veg is their family name.
They pretend to be meat, they pretend to be noble,
but they're a misbegotten hodgepodge.
Well dressed, but insubstantial and flashy.
Like an uncle from America who turns up once every 20 years.
popular every time it comes, but surrounded by rumors.

But even if they didn't originate from the king's table.
And were not favored by Prince Gwanghae.
They have still attended all the banquets held
since the Joseon Dynasty, festivals, weddings, or funerals,
The miracle of forty servings can still be created
with one kilo of japchae. Japchae is a chopstick smile,
a festival in the stomach for those they console.

미역국

엄마는 오늘도
까다롭고 까칠한 미역을 냉수에 담가 두며
하루를 연다.

모질고 험한 세상의 풍파 속에
실크처럼 미끄럽고 부드러운 자태가
말라 비틀어져 버린 것을 어찌하겠는가

검은 바닷 주검의 모습으로
염장하지 않은 자연 그대로라는 값싼 간판에
무생명無生命으로 둔갑하고 있던 그는

손마디 터질 듯한 찬물의 전율 속에
핸섬한 청년으로 제2의 삶을 시작한다.
매끈함이 돌아오고, 바닷혈색이 온몸에 돌기 시작하면
참기름과 국간장의 예우를 받으며
미역 제2의 삶이 시작된다.

생일 축하합니다.
생일 축하합니다.
사랑하는 우리 민우~ 생일 축하합니다.

포기하지 않으리라.
올해도 어제처럼

내일도 오늘처럼

빳빳하게라도 홀쭉하게라도
한 달이라도, 일 년이라도
부활의 봄이 오는 그날까지
바다로 복귀하는 그날까지

Seaweed Soup*

Today again Mother
starts the day by soaking
the tough seaweed in cold water.

What else can we do when silky slipperiness twists
and dries in the harsh winds of the world?

Mother bought it as a black sea corpse,
under a cheap sign saying 'Unsalted and Natural'
Now the cold water shivers as its knuckles explode.
Smoothness returns. Blue. It stretches its limbs, grows
Sleek as a handsome young man, is anointed
with sesame oil and soy sauce.

Happy birthday! Happy birthday!
Dear Minwoo~ Dear brother.
happy birthday to you.

There will be no giving up. Even if the years grow stiff and thin
This year, like yesterday, tomorrow like today.
Even if It takes a month or a year, we wait until the day
when the spring of resurrection comes, until the day
we return to the sea.

* Seaweed soup is traditionally served on birthdays in Korea

100원 떡볶이

"떡볶이 하나는 10원, 100원에 10개를 먹을 수 있다"고
떡볶이 아줌마가 말했다.

떡볶이 아줌마의 두 눈이
빨갛게 물드는 떡볶이를 돌보는 동안
떡볶이 아줌마의 두 손은
떡과 오뎅과 계란에게 서로 서로 사이좋게 지내라 - 휘익 저어
준다.

서로 싸우면 안 된다 얘들아.
계란 - 끝까지 부서지지 말고 끝까지 참을 것.
오뎅 - 너는 너의 자리를 지키고, 떡볶이를 지지해 주렴.
그게 너의 소명이야.

떡볶이의 평화는
고추장과 설탕, 간장의 평화와 협상에 달렸다.
고추장은 떡볶이의 아이덴티티이지만
고추장 힘이 너무 세면
초딩들은 떠날 것이다.
그 아이들을 지키려고
오늘도 떡볶이 아줌마는 매의 눈으로 협상을 해야 한다.

그 사이 떡볶이의 아이들은
아줌마의 눈을 피해 열한 번째 떡볶이를 입에 물었다.
"잘 먹었습니다! 여기 100원 받으세요!"

100 Won Tteokbokki

One tteokbokki costs 10 won
or you can eat 10 pieces for 100 won.
says the tteokbokki lady to the children in the shop

The tteokbokki lady keeps both bright eyes
On the red tteokbokki,
the two hands of the tteokbokki lady,
stir rice cakes, oden, and eggs nicely together

We shouldn't fight with each other, guys.
says Tteokbokki Lady.
Eggs - Don't break, but endure until the end.
Odeng - Please keep your position
and support the Tteokbokki. That's your calling.
The peace of tteokbokki depends on negotiations
between red pepper paste, sugar, and soy sauce.
Gochujang is the identity of tteokbokki,
But if the power of the red pepper paste
is too strong, little children will cry.

Tteokbokki lady watches the red pepper paste
with eagle eyes. Meanwhile, the children
avoiding her gaze, put an eleventh piece
of tteokbokki in their mouths.

I really enjoyed the meal! Here's 100 won!

1000원 김밥

김밥 말고는 없다. 한 줄에 1000원 하는 밥은
오늘도 어제도 내일도 1000원인 김밥
단무지 빼고는 다 없어도 된다.
다른 것은 다 바뀌어도 단무지만 있으면 된다.
오이든 깻잎이든 초록색이면 오케이 – 그러나, 없어도 무방
소시지는 옵션, 계란은 꼬옥 부탁합니다.

밥 한 덩어리 꾸욱꾹 누루고
돌돌 말아라. 힘껏 말아라.
한 번 말리면 나올 수 없다.
칼바람 부는 매서운 겨울
푸른 빛을 잃어버린 검은 김을 외투 삼아 돌돌 말아라.
돌돌 말아 우리 둘 하나가 되면
이 매서운 바람을 막아낼 수 있을 거야.

따뜻했던 밥 한 덩어리의 온기가
한 줄 김밥으로 태어난 순간
김밥 천 원이요 – 천원 김밥!
함박눈에 얼어붙은
성냥팔이 소녀의 입술은
천 원이 주는 천 만원의 기쁨으로
행복을 노래한다.

1,000 won Kimbap

There is nothing like kimbap.
All the rice you want for 1,000 won per row,
1,000 won today, yesterday, and tomorrow,
and you don't need anything else except
kimbap and pickled radish.
Anything green will do, cucumbers or perilla leaves–
But you don't even need that!
Sausage is optional, though egg is very welcome.

Just press down a lump of rice and roll it up. Roll it up
as hard as you can. Once it's dried, it will hold
even in the bitter winter. Roll up the black seaweed.
Roll it tight. If we all pull together
We will be able to keep out this bitter wind.

The warmth of a lump of warm rice
is rolled into a single piece of kimbap,
kimbap costing 1,000 won

1,000 won kimbap! Frozen in deep snow,
the match girl's lips sing
of the 10 million won of happiness
that 1,000 won can give.

삼계탕

신랑은 금산이 고향이구유
신부는 계룡이 고향이여유

삼參과 계鷄라.
궁합이 최고구만유.

어른들 성화에 못 이기는 척
한 해 중 최고 더운 그날에
신랑 신부 화촉을 밝히다.

딴따다다아 딴따다다아
딴따다다 디다 따라라띠라라.

일 년 중 젤 뜨거운 날 땀 뻘뻘 흘리며
줄줄이 서서
신랑 신부를 기다리는 사람들

대추군, 밤양 모두 모두 들러리 서고
한 컷 사진을 "김치" 하고 찍었다.

뜨거운 태양열만큼이나 뜨거운 둘의 사랑이
함께 한 이들의 목젖을 타고 내려간다.

행복해다오. 뜨겁게 사랑해다오.
검은 머리가 파뿌리가 되도록.

Samgyetang

In the legendary recipe for kimchi, we say
The groom must be from Geumsan, and the bride from Gyeryong.
Sam參 and gye鷄. They are the best match.

In the legendary recipe for kimchi, we say
The groom and bride light their wedding candles
on the hottest day of the year, tot the sound of a fanfare

Hoping to taste the legendary kimchi
On the hottest day of the year, people stand in line,
sweating profusely, waiting for the groom and bride

Mr Plum and Ms Chestnut take a wedding picture of kimchi
The love of the legendary couple, as hot as the hot sun,
flows down the throats of all couples who eat it.

Be happy. Love passionately. Love until your black hair turns white.

엄마의 손

떡 하나 주면 안 잡아 먹지.
음 그럼 우리 엄마 손을 보여줘
요 거짓말쟁이 호랑이야.
우리 엄마의 손엔 털이 없단다
밀가루로 아무리 하얗게 해도
이건, 우리 엄마 손이 아니야.

우리 엄마의 손은
내가 넘어지면 나를 일으켜 주는 손이거든.
흙을 털어주고, 상처를 씻어주는 손이야.
괜찮아? 괜찮아. 나를 씩씩하게 만들어 주는 그 손.
우리 엄마의 손은
내 이마를 짚어 주는 손이야.
뜨거운 이마도 엄마 손이 닿으면 열이 쭈욱.
감기도 우리 엄마가 무섭나 봐?

우리 엄마의 손은
내가 제일 좋아하는 오징어 뭇국을
10분 만에 만들어 주는 손이야.
파 송송, 김치 총총 그리고 오징어 한마리 쑤욱
보글보글 끓기만 하면 끝
우리 엄마 – 주부 경력 50년의 손맛
냠냠냠냠 후루룩 후루룩 – 와 기가 막히네

우리 엄마의 손은
뜨겁지도 차갑지도 않아.
소복소복 싸여있는 눈처럼 포근해.
엄마가 나를 쓰다듬어 줄 때마다
나는 어느새 응애응애 아기가 되고
쿨쿨 꿈나라에 가게 되지

우리 엄마의 손
엄마가 늘 잡아 주었던 나의 손
오늘은 내가 뒤에서 슬쩍 잡아 준다.
오늘은 나의 손이 엄마의 손이 되어 본다.

Mother's Hands

If you give me a piece of your rice cake, I won't eat you!
You're not Mother, you lying tiger!
There is no hair on my mother's hands.
No matter how much you whiten them with flour,
these are not my mother's hands.

My mother's hands
are the hand that lift me when I fall.
They are the hands that shake off dirt and wash wounds.
Are you okay? I'm okay. The hands
that make me courageous. Mother's hands
are gentle on my forehead
Even my fever cools at Mother's touch

My mother's hands
can make my favorite squid soup
in just 10 minutes.
With a bunch of green onions, a bunch of kimchi,
a whole squid and fifty years in the kitchen.
Just boil that and you're done.

My mother's hands
are neither hot nor cold.
They're as cozy as snow piled high round the house.
Every time they stroke me,
I go to sleep like a baby.

My mother's hands.
She always used to hold my hands, but today
I cradle hers.
Mine are now the mother's hands.

밥에서 빵으로의 이민

밥의 나라에서 태어났습니다.
밥 먹었니? 인사하고 살았더랬습니다.
밥은 먹었니? 따뜻한 온기 받으며 살았더랬습니다.
자취하는 조카에게 청량리 고모는 김치 한 단지 주시면서
타지에서 밥 잘 먹어야 하는 거다 하셨습니다.

아침에도 밥, 점심에도 밥, 저녁에도 밥
그리고 그 밥이 거느리고 오는 반찬의 행렬
인생은 그렇게 사는 줄 알았습니다.

그러다 서울물 먹고
맨날 밥, 또 밥이야? 그 놈의 밥밥밥 타령
반찬 한가득 싸온 엄마에게 투정을 했습니다.

나는 신세대야. 밥 대신 빵을. 국 대신 수프를. 주.시.오
불고기 사절. 스테이크 웰컴.
그런데, 몰랐습니다.
내가 밥의 나라를 떠나 빵의 나라로 올 줄은.
나는 지금 빵의 나라에 살고 있습니다.
빵의 나라에서 버터와 치즈의 호위를 받으면서 살게 되었습니다.
노오란 버터는 코에서부터 마음까지 나를 고매한 유혹으로 녹여
버리고
치즈가 부르는 와인 한 잔은 머릿속 근심을 다 잊게 해주었습니다.

그런데, 어찌된 것인지 빵의 나라에서
내 마음은 텁텁하고, 섭섭하였습니다.
맹맹하고, 담담하고, 서먹서먹하고.

답답하고, 더부룩하던 그 때

친구가 가져다준 물김치 한 그릇.
그 한 그릇에 오랜만에 따뜻한 밥 한 술을 넘겼습니다.
짭조름하지만, 짜지 않고, 달그스름 하지만 달지 않은 그 한 방울로
밥의 나라에 살던
나의 젊음과 충만함과 시원함과 솔직한 따스함이 새록새록 기억
났습니다.
비록 빵의 나라에 사는 신분이지만
어머니가 분홍색 보자기에 고이 싸서 가져다주신 그 반찬통.
멸치 꽈리고추, 진미채, 콩자반, 시금치나물, 호박 꼬지.
인생에 단 한 번 시간을 되돌릴 수 있다면
빠알간 립스틱을 난생처음 발라보았던 그 시절로 돌아가
어머니의 반찬통을 기쁨으로 받아 들고 싶습니다.

From rice to bread

I was born in the country of rice.
I'd greet adults with the question "Have you had your rice?"
I lived surrounded with warmth.
Our aunt in Cheongnyangni gave her niece, who was living
alone,
    a jar of kimchi and told her that she should eat well
    as he was living away from home.

I thought life was like that: rice for breakfast, rice
    for lunch, rice for dinner, and a parade of dishes that came
with that rice.

Then I tasted Seoul's water.
Always rice - rice again? That wretched rice rice rice ballad.
I complained to my mum who had packed a box full of
dishes.

I am the new generation, Mum. Bread instead of rice.
Give me cream soup instead of broth.
No Bulgogi. Steak, welcome!

Now I live in the land of bread, bread escorted
by butter and cheese.
But my heart feels dull in the land of bread.
Insipid, calm, and bland.

Just when I was feeling stuffy and bloated
A friend brought a bowl of water kimchi.
It had been a while since I had a bowl of warm rice.
Salty but not salty, sweet but not sweet, that one drop
took me back to the land of rice, to my youth,
its exuberance, coolness, and honest warmth.

Now, though I live in the land of bread, I remember
the box of food that my mother gave me,
so deliberately wrapped in pink wrapping cloth.
Anchovies, chili peppers, dried squid, beans
in soy sauce, spinach greens, pumpkin skewers.
If I could turn back time just once in my life,
I'd go back to the time when I tried
applying lipstick for the first time in my life.
And this time receive my mother's food box with joy.

해설

Critique

한국의 음식과 그 미각의 역사철학적 의미
– 조지은 시집 『밥상』에 붙여

김종회(문학평론가·한국디지털문인협회 회장)

한국의 음식과 그 미각의 역사철학적 의미
- 조지은 시집 『밥상』에 붙여

김종회(문학평론가·한국디지털문인협회 회장)

1. 시인 조지은의 글쓰기와 그 행적

조지은은 영국의 명문 옥스퍼드대학교 동양학부 교수다. 서울대학교에서 아동가족학과 언어학을 공부했고 킹스칼리지 런던에서 언어학으로 박사학위를 받았다. 언어학, 한국어학, 제2외국어 습득 분야의 연구자로서 세계적인 권위를 가졌다. '영어 사전의 어머니'라고 불리는 〈옥스퍼드 영어 사전〉의 한국어 컨설턴트를 맡고 있으며, 한국어와 한국문화 연구에 깊은 관심을 가져왔다. 그런 연유로 영국 내 한류 연구와 보급에 앞장서 왔고, 한강의 『채식주의자』를 데보라 스미스가 번역하는 현장을 지켜보기도 했다. 아동학에서 언어학에 이르는 심층 학습의 공간은, 이미 널리 평판을 얻은 베스트셀러 『공부 감각, 10세 이전에 완성된다』, 『영어 유치원에 가지 않아도 영어를 잘할 수 있습니다』 등을 출간하는 힘이 되었다.

조지은이 지난 3월 초에 내놓은 장편소설 『서울 엄마들』도 이와 같은 상황의 연장선상에 있다. 이 소설은 현재 한국 교육 환경의 진면목眞面目을 예리하게 제시했다. 서울 강남 8학군 내 최고 수준의 엘리트 교육을 추구하는 〈대지동 금묘아파트 105동 세 엄마〉의 열혈 분투기를, 소설의 이야기를 통해 형상화했다. 당연히 그 현상의 폭로가 목표가 아니고, 이 사태가 우리 사회에 울리는 경종警鐘과 반성적 성찰에 방점이 있다. 이를테면 진정한 가족의 역할이나 성공의 기준이 무엇인가를 반문하는 것이다. 조지은의 이 첫 소설을 두고 벌써 3권의 장편소설을 낸 탑 클래스의 배우이자 소설가인 차인표는, "자녀의 명문대 진학이라는 민감한 주제를 드라마처럼 재미있고, 다큐멘터리처럼 예리하게 찌르는 사회성 짙은 소설이 탄생했다"고 상찬賞讚했다.

그 조지은이 이번에는 '밥상'이란 제목을 가진, 우리 문학사 또는 세계 문학사에 전례가 없는 특이한 시집을 출간한다. 모두 25편의 시가 국·영문으로 함께 수록된 이 시집은, 그 제재題材가 한국 음식의 이름으로 되어 있다. 미상불 음식은 하나의 민족 또는 언어문화권의 문화적 특성을 가장 구체적이면서도 상징적으로 나타내는 미각적 재료다. 다시 말하면 거기에 민족문화와 민족성의 특징적 성격이 잠복해 있다는 말이다. 어떻게 이와 같은 기발한 발상을 하고, 또 근거 자료를 확인하면서 압축적인 언어로 시화詩化에 이르렀는지 놀라운 형국이다. 더욱이 저 먼 이역만리 타국에서 이 시집의 맹아萌芽를 도모한 일은, 곧 상거相距가 먼 두 문화 사이의 소통과 교류에 기여할 수 있을 것으로 기대되기도 한다.

2. 음식에 반영된 삶의 국면과 성격

1부에 실린 시 8편은 음식이 어떻게 생명이나 소망과 같은 순방향의 인식과 상관되어 있으며, 또 어떻게 가족애와 사랑의 긍정적

방향성을 견지하고 있는가를 잘 보여준다. 「밥상」에서 '우리는 밥 심으로 살아야 하는겨'라는 엄마의 밥 인사, 「사골국」에 나타난 '엄마의 믿음' 그리고 「라면」이 말하는 '아빠의 묵직한 소리' 등이 그에 대한 증빙이다. 「닭집의 추억」에 펼쳐진 가족사家族事의 한 장면, 「비빔밥」이 일러주는 화합의 의미, 「김」에 결부된 사랑의 정신 등은 이 시인의 시 세계를 다채롭게 구성한다. 「분홍색 돈까스」나 「보리」 같은 시에서, 시인은 음식에도 얼굴과 표정이 있다는 주장을 하고 있는 셈이다. 그런데 그 어투와 논리가 자연스러워서 특별히 토를 달 여지가 없다.

2부에 실린 시 9편 또한 1부의 경우에 비추어 큰 변별을 보이지 않는다. 다만 여기에서는 음식에 반영된 삶의 여러 국면과 성격이 더 선명하게 드러나고 있다. 음식이 가진 상징적 의미, 이를 부각하는 중의법적 표현, 음식을 통한 세상사의 함축, 한국인의 심성에 대한 통찰 등이 시의 문면文面에 투영되었다. 「육개장」의 강력한 상징성, 「울면」의 두 어의語義, 「떡」의 역사성 등이 특히 빛난다. 「밥 그리고 국」과 「죽」은 우리의 삶 의식과 문화의 근원을, 「콩나물」은 신산辛酸한 삶의 그림자를 담았다. 사정은 「전 이야기」나 「김치 동족」 그리고 「계란 후라이」에서도 마찬가지다. 때로는 함축적이고 또 때로는 해학적이면서 우리 인생의 교훈을 담보하는 이 시적 글쓰기는, 쉬워 보여도 쉽지 않고 부드러워 보여도 부드럽기만 한 경우가 아니다.

3. 역사 과정에 결부된 음식의 얼굴

우리의 일상적인 삶이 모여서 사회·시대·역사가 되고 우리는 그 역사 과정의 궁극적 가치와 힘을 후대에 전하려 한다. 이 시인은 이 대목에서 음식의 저력과 역할을 간파했다. 온갖 역사와 도덕 교과서가 수행하지 못한 단정적이고 직접적이며 효율적인 통어通

語의 방식이 이 시집의 3부 가운데 있다.「떡국」은 우리 전통사회에서 이어진 새해의 지표로,「잡채」는 위로하는 자들의 축제로,「미역국」은 삶의 어려움 가운데 공여되는 새 기력으로 기능한다.「100원 떡볶이」는 평화와 협상을,「1000원 김밥」은 맵고 추운 삶에 온기와 기쁨을,「삼계탕」은 신랑 신부 화촉의 궁합을 이끌어 온다. 그런가 하면「엄마의 손」은 이 모든 일의 근원을 환기하고,「밥에서 빵으로의 이민」은 삶의 영역에 극단적인 변화가 와도 여전히 소중한 음식 그리고 '어머니의 반찬통'을 소환한다.

우리가 지금까지 정성껏 살펴본 조지은의 음식에 관한 시들은, 참으로 여러 심층적 의미망을 두르고 있었다. 이때의 음식은 말 못하는 묵언의 존재이면서, 동시에 보이지 않는 입을 열어 너무도 많은 말을 하고 있는 터이다. 그 말의 자장磁場이 미치는 권역은 넓고 또 웅숭깊다. 왜 남부럽지 않은 지위와 명성을 가진 이 시인이 이토록 애써 다양다기한 음식의 시를 창작했는지 질문하자면, 여러 답변이 가능할 것이다. 그러나 그중에서도 가장 오른쪽으로 나설 것은, 시인의 모국어 사랑과 나라 사랑의 정신이 아닐까 한다. 그는 이 명료한 당위적 명제를 음식이라는 자재資材를 통해 형용하는, 새롭고도 효과적이며 쉽사리 공감을 불러오는 시적 성취에 도달한 것이다.

The Meanings of Korean Food: The Historical and Philosophical Significance of Its Taste

– A Critique of Bapsang by Jieun Joe

By **Kim Jong-Hoi**

(Literary Critic·President of the Korean Digital Literature Association)

1. Jieun Joe's Writing Journey

Jieun Joe Kiaer, YBM KF Professor of Korean Linguistics at the University of Oxford, has spent her career at the intersection of language, culture, and education. She studied Child and Family Studies and Linguistics at Seoul National University, before earning her PhD from King's College London. Since then, she has become a leading voice in Korean studies and Hallyu research in the UK. She also serves as the Korean consultant for the Oxford English Dictionary. From her desk in Oxford, she watched with quiet joy as Korean literature began to cross linguistic and cultural borders. It started, for many, with the English translation of Han Kang's *The Vegetarian* by Deborah Smith that won the Man Booker International Prize and introduced Korean fiction to a global audience.

Jieun Joe's debut novel *Seoul Mothers*, released in early March, continues her exploration of contemporary Korean society through literature. The novel offers a sharp, unflinching look at the realities of Korea's current education system. At its heart is the story of three mothers living in "Building 105 of Geummyo Apartments, Daeji-dong"— a fictional complex in Seoul's elite Gangnam 8 School District—who are determined to secure the best possible futures for their children. But the novel is not simply an exposé of academic competition; its true aim lies in encouraging reflection. What, it asks, is the real role of a family? What does success actually mean? Through these characters, Joe invites readers to question the values shaping modern Korean life.

Actor and novelist Cha In-pyo, a respected figure who has published three novels himself, praised *Seoul Mothers* as "a gripping work that tackles the sensitive subject of elite university admissions with the drama of fiction and the sharpness of documentary—a socially powerful novel that is both entertaining and thought-provoking.

That very Jieun Joe now brings us *Bapsang*—a poetry collection unlike anything seen before in Korean or world literature. Comprising 25 poems presented in both Korean and English, the collection is structured entirely around Korean food. Indeed, food is one of the most vivid and symbolic expressions of a culture—revealing, through taste and tradition, the essence of a people and their language. It carries within it the subtle textures of cultural memory and national character.

What's truly astonishing is how Joe conceived such an original idea, grounded it in rich cultural references, and brought it to life through the compressed, lyrical form of poetry. Even more remarkable is the fact that this collection took root and grew far from home—from a distant land across the sea. And yet, it promises to foster understanding and dialogue between cultures that might otherwise remain apart. I'm genuinely amazed—how did she manage to turn something so familiar, so everyday, into poetry this fresh and resonant? And all while living outside Korea.

2. The Flavours of Life: Stories and Selves in Every Dish

The first section of *Bapsang* uses food as a way to explore themes of life, hope, and familial love. In *Have You Had Your Rice?*, the line "We live on the strength of rice" captures the quiet resilience and nurturing presence of a mother. *Broth with Bones* reflects maternal trust, while *Ramyeon* becomes a tribute to a father's silent strength. Poems like *The Fried Chicken Place, Bibimbap*, and *Seaweed Kim* evoke rich scenes of family life—full of harmony, memory, and shared moments. In *The Pink Pork Cutlet* and *Barley*, Joe suggests that food itself carries expressions and emotions—an idea that feels both fresh and intuitively true through her poetic voice.

The second section delves deeper, using food as a lens to reflect on social realities and emotional undercurrents. Here, cultural memory and psychological nuance come to the surface. The simmering emotion of *Yukgaejang*, the layered meanings of *Ulmyeon*, and the historical resonance in *Tteok, Rice Cake* all stand out. *Rice and Soup* and *Rice Gruel* trace the quiet philosophy at the heart of Korean life, while *Bean Sprouts* becomes a symbol of resilience in the face of hardship. Even lighter poems—like *Pancakes*, *The Kimchi Family*, and *A Fried Egg*—carry emotional depth through humour and restraint. Joe's language is always accessible, but never simplistic—gentle in tone, yet quietly powerful.

3. Where History Sits at the Table

Everyday meals, when gathered together, tell the story of a society—its people, its history, its changing rhythms. In *Bapsang*, Joe shows us how food quietly holds and carries cultural memory. Her poetry does what textbooks often can't: it speaks directly, with warmth and emotional clarity.

Tteokguk becomes a symbol of new beginnings. *Japchae* offers comfort. *Seaweed Soup* brings strength in times of hardship. In *100 Won Tteokbokki*, we see a tender vision of peace and quiet resilience, while *1000 Won Kimbap* captures the spice and struggle of daily life, wrapped in unexpected warmth. *Samgyetang* takes on the weight of tradition as a symbolic wedding dish, and *Mother's Hands* gently brings us back to the source of all nourishment. In *From Rice to Bread*, Joe reflects on migration and cultural change, staying connected to home even as borders shift.

Jieun's food poems are rich with emotion—intimate, layered, and unexpectedly expansive. Food may not speak in words, but in her poetry, it speaks volumes. Her voice is gentle yet precise, full of clarity and care. When asked why someone with such an accomplished academic career would turn to writing poetry about Korean food, the answer comes easily: it's her love for her language and her homeland. Through food, Joe has created a poetic voice that feels both fresh and deeply rooted—one that resonates across cultures and speaks to something profoundly human.

The food poems in Jieun Joe Kiaer's *Bapsang* carry layers of meaning—quiet, rich, and deeply felt. Here, food is silent, yet somehow it speaks. Though it has no voice, it opens an unseen mouth and tells us stories that echo far beyond the table. The world these poems create is vast and quietly powerful, drawing us into memories, emotions, and cultural truths that feel both personal and universal. Through the language of meals, she offers something both fresh and deeply familiar: a poetic form that invites connection, understanding, and care.

With food as her medium, Joe has created poetry that nourishes. Her words preserve not just memory, but meaning. And in doing so, she reminds us that the most profound expressions of identity often begin with what we eat—and who we share it with.